Analyse de l'œuvre

Par David Noiret et Maud Couture

L'Ingénu

de Voltaire

lePetitLittéraire.fr

Rendez-vous sur lepetitlitteraire.fr et découvrez :

Plus de 1200 analyses
Claires et synthétiques
Téléchargeables en 30 secondes
À imprimer chez soi

VOLTAIRE 1

VOLTAIRE 1

L'INGÉNU 2

RÉSUMÉ 3

Chapitre I
Chapitre II
Chapitre III
Chapitre IV
Chapitre V
Chapitre VI
Chapitre VII
Chapitre VIII
Chapitre IX
Chapitre X
Chapitre XI
Chapitre XII
Chapitre XIII
Chapitre XIV
Chapitre XV
Chapitre XVI
Chapitre XVII
Chapitre XVIII
Chapitre XIX
Chapitre XX

ÉTUDE DES PERSONNAGES 9

L'Ingénu

Les Kerkabon

Le bailli

Mlle de Saint-Yves

Gordon

M. de Saint-Pouange

CLÉS DE LECTURE   13

Un conte philosophique…

… Mais un conte étrange

Le roman sensible

Le mythe du bon sauvage

Les religions

Un conte critique

PISTES DE RÉFLEXION   22

POUR ALLER PLUS LOIN   25

VOLTAIRE

ÉCRIVAIN ET PHILOSOPHE FRANÇAIS

- **Né en 1694 à Paris**
- **Décédé en 1778 dans la même ville**
- **Quelques-unes de ses œuvres :**
    - *Zadig ou la Destinée* (1748), conte philosophique
    - *Micromégas* (1752), conte philosophique
    - *Candide ou l'Optimisme* (1759), conte philosophique

Voltaire, de son vrai nom François Marie Arouet, est un philosophe et écrivain français qui fut l'une des figures de proue des Lumières.

Né en 1694, il fait des études brillantes, malgré son esprit indiscipliné, chez les jésuites. À sa sortie du collège, il se fait connaitre par ses écrits satiriques, dans lesquels il attaque, par exemple, le régent. Cela lui vaut un séjour de onze mois à la Bastille. À sa sortie, il défend encore et toujours ses positions à travers des procédés littéraires divers, notamment l'ironie. La dimension très critique de ses ouvrages l'oblige à s'exiler en Angleterre, où il découvre un nouveau système politique qui le fascine. De la même façon, il séjourne en Prusse, aux côtés de Frédéric II (1712-1786), qui représente le modèle du monarque éclairé qu'admire Voltaire, bien que les deux hommes finissent par se disputer. À son retour en France, il s'installe à Genève puis à Ferney. Il meurt à Paris en 1778. Il laisse une œuvre imposante et protéiforme, mais répondant toujours à son combat pour la liberté, la tolérance et le savoir.

L'INGÉNU

RÉCIT D'UN MONDE PERVERTI

- **Genre :** conte philosophique
- **Édition de référence :** *L'Ingénu*, Paris, Le Livre de Poche, 1996, 288 p.
- **1ʳᵉ édition :** 1767
- **Thématiques :** religion, fanatisme, intolérance, philosophie, bonheur, liberté

L'Ingénu est publié en 1767. Il s'agit d'un conte philosophique, un genre très apprécié de Voltaire, dans lequel il fait briller son esprit toujours vif et percutant. L'auteur y déploie toute son ironie, et prouve son habileté à évoquer les puissants du Grand Siècle et leurs travers en quelques traits saillants.

L'histoire se passe à la fin du XVIIᵉ siècle. Louis XIV (1638-1715) révoque en 1685 l'édit de Nantes qui tolérait la religion protestante, et impose au royaume de France un climat d'austérité et de dévotion. Le vieux Voltaire attaque dans cette satire les religions proches du pouvoir, alors que les jésuites viennent d'être bannis de France. Il poursuit ainsi son combat contre l'intolérance et le fanatisme des religions.

RÉSUMÉ

CHAPITRE I

Un bateau anglais dépose en Basse-Bretagne un étrange individu huron (une tribu d'Indiens d'Amérique) surnommé l'Ingénu. Il rencontre l'abbé de Kerkabon et sa sœur qui le convient à souper. Au cours de celui-ci, il est le centre d'intérêt de la conversation et impressionne par sa simplicité et sa spontanéité.

CHAPITRE II

Afin de les remercier de leur accueil, le Huron offre aux Kerbabon un talisman sur lequel on peut voir le portrait de leur frère parti dans le Nouveau Monde. Les Bas-Bretons imaginent alors que l'Ingénu n'est autre que leur neveu et, pour sauver son âme et l'éduquer à la civilisation, ils souhaitent le baptiser.

CHAPITRE III

Le Huron est instruit des savoirs nécessaires à sa conversion : il apprend les Écritures et veut se faire circoncire conformément à ce qu'il est écrit dans les textes saints. On le confesse, contrairement à ce qu'il a lu. Mais, le jour du baptême, l'Ingénu est introuvable. Mlle de Kerkabon et Mlle de Saint-Yves, une belle jeune fille notable du pays, l'aperçoivent au milieu d'une rivière.

CHAPITRE IV

Mlle de Saint-Yves, qui semble exercer sur lui quelque fascination, parvient à le faire sortir de l'eau. Elle devient sa marraine de baptême. Une joyeuse cérémonie s'ensuit, et le vin coule à profusion. On donne le nom d'Hercule au vigoureux Huron de 22 ans.

CHAPITRE V

Le Huron et sa marraine tombent amoureux l'un de l'autre, et l'Ingénu veut l'épouser. Le prieur lui dit que cela n'est pas possible, car la religion l'interdit ; seul le pape pourrait autoriser leur union. Le Huron n'a pas l'intention de faire sa demande au pape et se rend chez Mlle de Saint-Yves quand il croise le bailli qui le questionne, comme à son habitude.

CHAPITRE VI

On parvient à calmer le Huron qui allait s'accoupler sur le champ avec sa marraine. Mlle de Saint-Yves obtient de lui qu'il retourne chez ses parents. Sur le conseil du bailli, l'abbé de Saint-Yves décide de placer Mlle de Saint-Yves au couvent. L'Ingénu devient furieux et veut bruler l'édifice.

CHAPITRE VII

Ruminant sa haine et son amour, le jeune garçon est soudain surpris par le bruit des tambours des Anglais qui attaquent. Son enthousiasme au combat met les envahisseurs en déroute. On le félicite et on lui dit de se rendre à Versailles afin de rencontrer le roi qui récompensera son courage. Il compte sur celui-ci pour libérer sa belle.

CHAPITRE VIII

Il s'arrête à Saumur où des huguenots (des protestants) lui exposent leur problème. L'Ingénu décide d'aller plaider leur cause à Versailles. Le roi, abusé par les jésuites, a révoqué l'édit de Nantes et se querelle avec le pape depuis neuf ans. Cependant, un espion jésuite a tout entendu de la conversation de l'Ingénu et compte avertir la cour de son arrivée, pensant qu'il est au service des protestants.

CHAPITRE IX

L'Ingénu tente de voir le roi, mais il ne parvient à parler qu'à un subalterne. On le prend pour un extravagant et un fou. Entretemps, monseigneur de Louvois, un jésuite influent à la Cour, est informé des paroles du Huron par le jésuite et reçoit une lettre du bailli, dans laquelle le Huron est dépeint comme un sauvage qui veut bruler les couvents et violenter les filles. L'Ingénu est enfermé à la Bastille.

CHAPITRE X

En prison, le janséniste Gordon le console de sa misérable condition. Ils dissertent des choses de la vie. Le Huron apprend beaucoup de Gordon, il lit et se cultive (histoire, philosophie, mathématiques, logique). Il aurait pu être heureux, mais il ne cesse de penser à Mlle de Saint-Yves.

CHAPITRE XI

Les deux hommes s'adonnent à des considérations sur les différents peuples (américains, européens, chinois). L'Ingénu fait preuve de bon sens naturel et déconcerte son ami qui s'est instruit cinquante ans durant. Ils continuent à lire, et l'Ingénu découvre avec émerveillement l'astronomie alors qu'il ne peut contempler le ciel.

CHAPITRE XII

Il se lance également dans la lecture de pièces de théâtre et de tragédies qui lui rappellent sa belle. Il adore *Le Tartuffe* de Molière (1622-1673) et admire Racine (1639-1699), mais il n'entend rien à *Rodogune*, qui est pourtant « le chef-d'œuvre du théâtre » de Corneille (1606-1684). Il dit ce qu'il pense en toute circonstance.

CHAPITRE XIII

Les parents adoptifs de l'Ingénu se rendent à Paris et le cherchent en vain. La belle Mlle de Saint-Yves, après s'être laissé marier au fils du bailli, part pour Versailles, prête à tout pour retrouver l'Ingénu. Elle apprend qu'il est emprisonné et le nom d'une personne qui pourra le libérer, M. de Saint-Pouange.

CHAPITRE XIV

L'Ingénu a fait d'immenses progrès durant son année d'emprisonnement. Il se lamente sur cette justice contre nature, lui qui ne vivait que pour l'amour de sa belle et pour la liberté, qu'on lui a dérobée. Les livres lui ont redonné courage. Il développe si bien son esprit qu'il convertit Gordon à sa pensée de huron.

CHAPITRE XV

En entrant chez M. de Saint-Pouange, Mlle de Saint-Yves croise son frère l'abbé qui vient de demander une lettre de cachet contre elle, suite à sa fuite après son mariage. M. de Saint-Pouange lui promet ce qu'elle veut en échange de ses charmes. Honteuse, elle rend visite au père Tout-à-tous, un confesseur jésuite qui a une grande influence sur M. de Saint-Pouange.

CHAPITRE XVI

Elle fait part de sa désolation au père jésuite qui s'offusque de tels procédés ignobles. En apprenant qu'il s'agit de M. de Saint-Pouange, le père Tout-à-tous change de discours et dit qu'elle ne tromperait pas son aimé en agissant ainsi puisqu'ils ne sont pas mariés, qu'il faut parfois se sacrifier, et que M. de Saint-Pouange est un homme bon et de qualité.

CHAPITRE XVII

Sa confidente et logeuse la convainc que toutes les femmes sacrifient leur vertu pour parvenir à leurs fins ou pour aider leur mari à y parvenir. Elle reçoit des boucles d'oreilles et une invitation à diner. Elle se rend finalement au rendez-vous de M. de Saint-Pouange, en ne pensant qu'à l'Ingénu.

CHAPITRE XVIII

Ils se retrouvent enfin. L'Ingénu est surpris et fier d'elle, mais elle tait son douloureux secret. Le Huron veut également faire libérer son ami janséniste à qui il doit d'avoir appris à penser. La belle contacte M. de Saint-Pouange qui accorde cette liberté contre un nouveau rendez-vous.

CHAPITRE XIX

Tous se retrouvent en compagnie du Huron et du janséniste. Gordon plaint ce siècle misérable d'hypocrisie et disserte sur les religions avec l'Ingénu pour seul interlocuteur. À la vue des parures et des bijoux envoyés par M. de Saint-Pouange, Mlle de Saint-Yves est prise d'un malaise et se retire, alors que l'Ingénu parle d'un mariage civilisé et dans les règles.

CHAPITRE XX

Mlle de Saint-Yves succombe à sa douleur. La tristesse de l'Ingénu est énorme. M. de Saint-Pouange apprend la nouvelle et se repent devant le grand homme qu'est devenu l'Ingénu. On fait de lui un bon guerrier et un philosophe intrépide. Gordon reste ami avec l'Ingénu et renie sa première religion. Il a désormais pour devise : « Malheur est bon à quelque chose. »

ÉTUDE DES PERSONNAGES

L'INGÉNU

Jeune Huron de 22 ans, il a appris le français en Huronie. Il est simple, naturel et spontané. À son arrivée dans la baie de Saint-Malo, le 15 juillet 1689, il était « nu-tête et nu-jambes, les pieds chaussés de petites sandales, le chef orné de longs cheveux en tresses », portait « un petit pourpoint qui serrait une taille fine et dégagée » et avait « l'air martial et doux » (chapitre I). Il est pourvu d'une excellente mémoire et d'une force redoutable.

Il n'a de religion que celle des Hurons et suit fidèlement la loi naturelle. Il accepte cependant de bonne grâce de se convertir au catholicisme. Son esprit n'ayant pas appris les choses superflues et les schémas de pensée abscons (ce que Voltaire reproche aux jésuites), il apprend facilement les Écritures. Il s'étonne que les chrétiens ne soient pas circoncis alors que tous les Juifs le sont et qu'il faille se confesser alors qu'aucun personnage du Nouveau Testament ne se confesse.

Les Bretons qu'il rencontre prétendent, sur la base du talisman qu'il leur offre en remerciement de leur générosité, qu'il est le fils de leur frère et de leur belle-sœur qui sont partis pour le Canada plus de vingt ans auparavant et qui y sont décédés. Il a en réalité reçu ce talisman de sa nourrice dont le mari avait dérobé l'objet sur le cadavre d'un Français.

Contrairement à ce que semble indiquer son surnom, l'Ingénu a « un grand fond d'esprit » (chapitre X) et du génie. Détaché des préjugés et étranger à l'hypocrisie, il fait preuve de bon sens naturel et apprend de nombreuses choses sur les connaissances de l'époque grâce à son ami Gordon. Il aime le théâtre de Molière et de Racine, mais n'entend rien à Corneille. C'est un esprit éveillé et curieux de tout.

Il parle toujours d'après nature, dit ce qu'il ressent et pense en toute circonstance. Mais la société des hommes le pervertit et, à la fin du conte, il dissimule ses émotions et devient un excellent officier dans l'armée.

LES KERKABON

Voltaire présente le prieur Kerkabon comme « un très bon ecclésiastique, aimé de ses voisins après l'avoir été de ses voisines » (chapitre I). Ce faisant, il souligne le penchant des religieux pour les plaisirs charnels.

Mlle de Kerkabon est une dévote âgée de 45 ans qui a un « caractère [...] bon et sensible » et qui « aimait le plaisir » (chapitre I). Elle est « courte et ronde » (*ibid.*), et semble charmée par le jeune Huron. Fière de son pays, elle considère le français comme la plus belle langue, après le bas-breton.

L'abbé de Kerkabon, prieur de Notre-Dame de la Montagne, et sa sœur, Mlle de Kerkabon, se prennent d'affection pour le jeune Huron. Le prieur n'a qu'une idée en tête : faire de l'Ingénu un sous-diacre après l'avoir baptisé et converti à la religion catholique. Ils sont généreux avec leur neveu d'adoption, au point de quitter leur Bretagne pour se rendre à Paris, après avoir beaucoup pleuré suite à son arrestation.

LE BAILLI

Le bailli est le représentant du roi dans sa circonscription où il exerce par délégation un pouvoir administratif et militaire. Il ne cesse de poser des questions au Huron et fait preuve au début d'un certain respect à son égard. Il se montre admiratif lorsque l'Ingénu met les Anglais en fuite, mais il ne tolère pas ses manières cavalières à l'égard de Mlle de Saint-Yves, lui qui a prévu de donner la jeune femme à son fils en mariage. En écrivant à monseigneur Louvois, il contribue à faire emprisonner l'Ingénu.

MLLE DE SAINT-YVES

Jolie jeune femme tendre, vive et sage, sa beauté fascine l'Ingénu dès qu'il la rencontre. Elle succombe également à son charme, mais les bonnes mœurs l'empêchent de satisfaire ses désirs. Elle devient la marraine de l'Ingénu, puis sa maitresse.

Elle est prête au plus grand sacrifice pour faire libérer celui qu'elle aime. Mais elle se repent d'avoir ainsi monnayé sa vertu et veut s'ôter la vie à plusieurs reprises. Une fois l'Ingénu libéré, elle se sent indigne de devenir sa femme et honteuse de cacher la vérité à celui qu'elle aime. Elle ne se rend pas compte que son acte est héroïque et en meurt de honte.

C'est un grand personnage féminin dans la lignée des figures féminines des tragédies classiques.

GORDON

Gordon est le janséniste avec lequel l'Ingénu est emprisonné. Vieillard serein, c'est un savant de Port-Royal instruit par les grands penseurs du jansénisme, Pierre Nicole (1625-1695) et Antoine Arnauld (1612-1694). Il console le Huron de son misérable sort et lui apprend à penser. Il lui enseigne tous les savoirs de l'époque et lui fait découvrir les grandes œuvres littéraires de son temps. Une amitié profonde lie les deux hommes. Le Huron le remercie en le faisant libérer et en lui apprenant à aimer la vie.

L'influence des deux hommes est réciproque, et à la fin de l'histoire, le janséniste se « convertit » à la pensée naturelle du Huron.

M. DE SAINT-POUANGE

Sous-ministre et homme de pouvoir, M. de Saint-Pouange n'a, dans un premier temps, aucun scrupule à sacrifier la vertu de la belle Mlle de Saint-Yves. C'est le cousin du « plus grand ministre » que la France possède (chapitre XVI). Selon le père Tout-à-tous, il est un bon chrétien et a une grande moralité. Contre toute attente, il finit par avoir des remords et s'excuse d'avoir causé la perte de Mlle de Saint-Yves.

CLÉS DE LECTURE

UN CONTE PHILOSOPHIQUE...

Définir le genre du conte n'est pas simple. On pourrait cependant dire qu'un conte est un apologue, c'est-à-dire un court récit dont la visée est didactique, et dont l'histoire renvoie à un univers lointain, ou tiré d'un fond commun, véhiculé au départ par la tradition orale.

L'Ingénu reprend certaines caractéristiques du conte : c'est un récit romanesque, dans le sens où il fait s'enchainer diverses péripéties, au cours desquelles les personnages connaissent les pires malheurs comme les plus grands bonheurs. On retrouve par ailleurs le schéma traditionnel de la quête (le mariage de l'Ingénu avec Mlle de Saint-Yves), qui connait de nombreux obstacles. On peut distinguer des adjuvants (comme les Kerkabon) et des opposants à cette quête (comme M. de Saint-Pouange).

Le choix de la forme du conte n'est pas anodin. La perspective est en effet à la fois didactique (elle vise à un enseignement), et contestataire (par le biais de la satire). Le genre du conte est très apprécié au XVIIIe siècle et est notamment lu dans les couches aisées de la population, mais pas forcément par les élites intellectuelles qui ne le considèrent pas comme un genre sérieux. Le conte permet donc d'atteindre facilement un public plutôt large. En outre, le divertissement offert par l'histoire permet de diffuser plus facilement les idées des Lumières : c'est le fameux docere et placere de Horace (poète latin, 65-8 av. J.-C.), qui indique qu'il faut plaire pour instruire.

Enfin, la forme plastique du conte permet à Voltaire d'en faire une arme philosophique, puisque la souplesse du conte permet de passer d'un débat à l'autre sans transition. La parenthèse de la Bastille avec Gordon en est le meilleur exemple.

LA PARENTHÈSE DE LA BASTILLE

Le conte philosophique présente l'avantage d'être un récit plastique, qui peut juxtaposer les épisodes sans problème, conformément à l'esthétique du conte traditionnel. Il permet ainsi à l'auteur de multiplier les occasions de proposer des réflexions d'ordres politique, philosophique ou littéraire. En ce sens, les chapitres de la Bastille sont exemplaires, car c'est dans cet espace clos et fermé que Voltaire déploie une réflexion sur le monde. De manière paradoxale, il fait de la prison le lieu d'une forme de libération, car à l'enfermement de la réalité corporelle répond la liberté de l'esprit. Autrement dit, la prison devient un moment symbolique où la philosophie des Lumières s'épanouit : l'obscurantisme du temps ne peut rien contre les lumières de la raison.

Au chapitre XI, l'Ingénu forme son esprit grâce à la lecture et s'interroge entre autres sur la nature humaine à partir de considérations historiques touchant divers peuples, des Indiens d'Amérique aux Chinois. Au chapitre suivant, il se fait critique littéraire et dénigre en particulier les tragédies de Corneille, qu'il juge d'après son ingénuité – c'est-à-dire son cœur et non sa raison – indigne de la place qu'on leur donne dans les Belles Lettres. C'est là le moyen pour Voltaire, tragédien célèbre en son temps, de placer un avis qui lui est propre. On comprend donc bien en quoi le conte philosophique est un genre extrêmement pratique et efficace au service des idées de son auteur.

... MAIS UN CONTE ÉTRANGE

Malgré tout, la forme de *L'Ingénu* n'est pas totalement assimilable aux formes traditionnelles des contes. Notons en premier lieu que l'histoire n'est pas relayée dans un passé ou un espace géographique lointain : les lieux et l'époque sont parfaitement identifiables, afin de servir la satire mise en place.

On retrouve donc dans ce conte une sorte de réalisme. Les personnages ne sont pas si simples qu'ils en ont l'air. Ce ne sont pas simplement des « types », contrairement à ce que leurs noms peuvent laisser penser, et ils possèdent une certaine épaisseur psychologique qui annonce les formes narratives en germe à l'époque (roman et nouvelles réalistes). Par exemple, l'Ingénu, qui représenterait le type de la naïveté, évolue, change, et s'adapte de plus en plus aux mœurs occidentales au fil de l'intrigue. D'ailleurs, il est intéressant de noter que, dès sa première apparition, il n'est pas totalement ce « bon sauvage » dessiné par le mythe : à moitié nu, à moitié habillé à la mode européenne (puisqu'il porte un « pourpoint »), il est en réalité déjà en train de s'éloigner de sa primitivité (rappelons qu'il arrive avec un bateau anglais, il n'est donc déjà plus totalement vierge de la civilisation européenne). Au contact du monde français, le personnage perd peu à peu de son ingénuité. C'est une manière pour Voltaire de nuancer sa satire et de sauver certains aspects de la civilisation.

Si le conte offre bel et bien une satire de la France, et si l'Ingénu permet, par son regard étranger, de mettre en avant cette satire, Voltaire ne fait pas pour autant de son récit une histoire manichéenne. Autrement dit, la morale du conte n'est pas si facilement identifiable. On a en effet parfois l'impression que la civilisation est préférable à l'état « sauvage ». Ainsi quand il veut « épouser » Mlle de Saint Yves en lui sautant dessus alors qu'elle est seule dans sa chambre, c'est en fait presque à un viol auquel le lecteur assiste. L'abbé parvient ensuite à trouver les mots pour le raisonner, et l'Ingénu fait un pas de plus vers la civilisation. Ce qu'il faut donc retenir de ce conte, c'est que l'auteur ne fait pas ici le procès de la société française dans sa globalité ni l'éloge d'une prétendue nature qui serait bonne et juste ; ce qu'il dénonce, ce sont les vices d'une société injuste qui pervertissent l'homme.

LE ROMAN SENSIBLE

Le dénouement du conte, avec ses chapitres sur la fin malheureuse de Mlle de Saint-Yves, peut paraitre bien étrange au regard de l'horizon d'attente associé au genre du conte philosophique. Ceci s'explique par le fait que *L'Ingénu* s'ancre dans les tendances littéraires de son époque, entre autres celles du roman sensible. Ce genre romanesque décrit des héroïnes vertueuses, mais malheureuses,.

L'intrigue du conte reprend les caractéristiques du roman sensible : c'est l'histoire d'un amour sincère mais contrarié, durant laquelle les personnages sont victimes de la corruption du monde. Les situations auxquels sont exposés les personnages doivent susciter la compassion du lecteur. Elle nait à la fin, puisque les conflits intérieurs de Mlle de saint Yves, qui est coincée par un dilemme entre le respect de la fidélité et la nécessité de la faute pour sauver l'Ingénu, entre les devoirs de la vertu et la puissance de l'amour, la mènent à la mort. Voltaire a donc réutilisé les codes littéraires qui plaisaient aux lecteurs de son époque, et les a mis au service de son « message » : la pitié née de ce spectacle final morbide est censée faire naitre l'indignation face à l'abus de pouvoir dont a usé M. de Saint-Pouange.

LE MYTHE DU BON SAUVAGE

La thématique du bon sauvage est courante au XVIIIe siècle suite aux nombreux voyages menés vers le Nouveau Monde. Elle sera notamment développée par Jean-Jacques Rousseau (1712-1778) qui en fera le fondement de sa réflexion philosophique (*Discours sur l'origine et les fondements de l'inégalité parmi les hommes*), et par Denis Diderot (1713-1784) dans son *Supplément au Voyage de Bougainville* en 1796.

L'Ingénu mis en scène par Voltaire correspond au mythe du bon sauvage. Celui-ci vit dans un monde où la civilisation n'a pas encore de prise et qui est donc vierge de toute perversion. Le jeune Huron correspond parfaitement à cette idée. Aussi son surnom est-il significatif : il ne connait pas la méchanceté et, confiant dans la bonté des individus, est crédule et pense que l'homme nait naturellement bon et généreux.

L'Ingénu se contente de ce que lui prodigue la nature et de sa liberté naturelle. Il laisse libre cours à son instinct et à ses pulsions animales en toute circonstance (par exemple aux chapitres V et VI). Sa pensée est étrangère aux préjugés (idée chère aux Lumières) et il donne la priorité à sa raison, ainsi qu'à ses cinq sens, pour appréhender le monde.

Il juge les conventions sociales ridicules, notamment le fait que le mariage requièrt l'autorisation des parents et même du pape lorsqu'il s'agit d'épouser sa marraine. L'Ingénu répond candidement qu'il n'a pas l'intention d'épouser le pape ou les parents de la belle Mlle de Saint-Yves et qu'il ne voit donc pas pourquoi il devrait le leur demander – on perçoit bien à travers cette réponse l'ironie et l'humour de Voltaire.

Cependant, la culture et la société le pervertissent peu à peu. Par exemple, s'il ignorait la pudeur au début de l'histoire (pensons à la scène où il attend d'être baptisé dans le lac) et disait toujours ce qu'il pense, il apprend en se cultivant l'esprit à dissimuler son corps et ses sentiments : « Il est devenu aussi respectable qu'il était naïf et étranger à tout » ; « L'ingénu n'était plus l'ingénu. » (chapitre XIX)

Le mythe du bon sauvage incarné ici par l'Ingénu est évidemment un fantasme des philosophes qui rêvent d'une nature et d'une société parfaites, intactes et originelles. Voltaire place ainsi en son personnage non seulement ses idées philosophiques, mais aussi les pensées libertines du XVIIIe siècle.

LES RELIGIONS

En 1598, l'édit de Nantes promulgué par Henri IV (1553-1610) instaure une période de tolérance envers la religion protestante. Cet évènement est consécutif aux sanglantes guerres de religion qui ont tourmenté le XVIe siècle. Cet édit est révoqué en 1685 par Louis XIV et l'édit de Fontainebleau. Voltaire se montre très critique à l'égard de cette révocation, ce que l'on perçoit dans son conte.

L'histoire de *L'Ingénu* prend place à une époque (1689) où les protestants sont traqués et persécutés. Alors qu'il souhaite se rendre auprès du roi, l'Ingénu rencontre des huguenots qui fuient le pays (chapitre VIII) et décide de les défendre auprès de Louis XIV. La cause est bien sûr perdue d'avance, mais Voltaire place dans son héros ses propres idéaux, lui qui avait déjà défendu les protestants dans son *Traité sur la tolérance* en 1763.

Voltaire évoque aussi la compagnie de Jésus, un ordre religieux fondé en 1540 par Ignace de Loyola (1491-1556) et dont les membres sont appelés jésuites. Cet ordre fait partie de l'Église catholique. On se souvient que Voltaire a fait sa scolarité au lycée Louis-le-Grand chez les jésuites. Il est donc imprégné de cette doctrine, mais s'en éloigne au cours de son existence au point d'en devenir un farouche critique. Il reproche à la compagnie de Jésus son hypocrisie. Cette critique apparait lorsque la belle Mlle de Saint-Yves rend visite au père jésuite Tout-à-tous, qui condamne tout d'abord la proposition immorale de M. de Saint-Pouange à la jeune fille, avant d'apprendre l'identité de celui-ci et de se mette à justifier l'attitude de ce puissant jésuite en citant la Bible.

Gordon est, quant à lui, un partisan du jansénisme, un courant de pensée plus austère. Le foyer des jansénistes était l'abbaye de Port-Royal que Louis XIV a fait détruire en 1711. Cette doctrine fondée par Jansénius (1585-1638) vers 1640 repose sur l'augustinisme qui estime que l'homme porte définitivement le poids du péché originel et ne peut être sauvé par ses propres actes. Seul Dieu a le pouvoir de lui conférer la grâce. Gordon fait écho à ces principes en disant qu'il ne sait que deux choses : supporter l'adversité et consoler les malheurs (chapitre X). Cette pensée janséniste extrêmement rigoureuse donne lieu à des inquiétudes et à des tensions au milieu du XVIIe siècle.

L'Ingénu ne peut comprendre toutes ces religions, bien qu'il s'y intéresse. Il est converti au catholicisme malgré lui et convainc finalement son ami Gordon de se désintéresser du jansénisme. Il est un défenseur, à l'instar de Voltaire, d'une religion naturelle à rapprocher du déisme, et considère Dieu comme un grand horloger : selon le déisme, la raison peut accéder à la connaissance de l'existence de Dieu, mais ne peut déterminer ses attributs.

UN CONTE CRITIQUE

Par le biais de ce petit conte, Voltaire critique également les faux semblants et l'hypocrisie du Grand Siècle où le paraitre régnait en maitre. Lorsque Gordon demande à l'Ingénu quelle est sa pièce préférée, celui-ci répond *Le Tartuffe*. Il dénonce par là l'hypocrisie ambiante des nobles, des puissants et des faux dévots.

Voltaire critique la société de son temps et celle du siècle précédent, corrompues toutes les deux. Par l'emprisonnement de l'Ingénu, Voltaire évoque peut-être son passage à la Bastille suite à une phrase assassine lancée à un chevalier, soulignant ainsi l'injustice qu'il a subie.

Dans ce récit, il ne cache pas non plus son gout pour la morale et la pensée anglaise, plus libérale qu'en France (chapitre XIV), et critique l'absolutisme qui règne à l'époque dans son pays.

Enfin, il critique la religion avec l'ironie savoureuse qui le caractérise : « Mlle de Kerkabon [...] disait en pleurant qu'il [l'Ingénu] avait le diable au corps depuis qu'il était baptisé. » (chapitre VI)

PISTES DE RÉFLEXION

QUELQUES QUESTIONS POUR APPROFONDIR SA RÉFLEXION...

- Voltaire est célèbre pour son ironie, que l'on retrouve dans chacune de ses œuvres. En quoi consiste-t-elle ?
- Après que le Huron a converti Gordon à sa religion naturelle, celui-ci prend pour devise : « Malheur est bon à quelque chose. » Qu'est-ce que cela signifie selon vous ?
- À quelles grandes héroïnes de théâtre le personnage de Mlle de Saint-Yves vous fait-il penser ? Pourquoi ?
- Interprétez le surnom du Huron, l'Ingénu.
- Cette œuvre reflète-t-elle la pensée libertine en vogue au XVIIIe siècle ? Justifiez votre réponse.
- Au XVIIe siècle, plusieurs religions coexistent en France, religions que Voltaire met en scène dans *L'Ingénu*. À quel(s) personnage(s) Voltaire associe-t-il le protestantisme, l'ordre des jésuites et le jansénisme ? À partir de votre lecture, tentez de comprendre et d'expliquer l'opinion de Voltaire vis-à-vis de ces trois doctrines.
- Quelle religion l'Ingénu oppose-t-il à toutes ces doctrines et qu'en pense Voltaire ?
- Hormis la religion, contre quoi Voltaire tourne-t-il sa critique dans *L'Ingénu* ? Retrouvez-vous les mêmes critiques que dans ses autres œuvres ?
- À partir de cette œuvre, énoncez les caractéristiques du conte philosophique. À votre avis, pourquoi les philosophes des Lumières se sont-ils tournés vers ce genre ?
- Comparez la représentation du bon sauvage dans *L'Ingénu* et dans le *Supplément au voyage de Bougainville*

de Diderot. Est-elle la même ?

Votre avis nous intéresse !
Laissez un commentaire sur le site de votre librairie en ligne
et partagez vos coups de cœur sur les réseaux sociaux !

POUR ALLER PLUS LOIN

ÉDITION DE RÉFÉRENCE

- Voltaire, *L'Ingénu*, Paris, Le Livre de Poche, 1996.

ADAPTATION

- *L'Ingénu*, téléfilm de Jean-Pierre Marchand, avec Jean Turlier, Laurence Badie et Maurice Chevit, France, 1975

SUR LEPETITLITTÉRAIRE.FR

- Commentaire portant sur le chapitre I de *Candide ou l'Optimisme* de Voltaire.
- Commentaire portant sur le chapitre III de *Candide ou l'Optimisme*.
- Commentaire portant sur le chapitre XIX de *Candide ou l'Optimisme*.
- Fiche de lecture sur *Candide ou l'Optimisme*.
- Fiche de lecture sur *Jeannot et Colin* de Voltaire.
- Fiche de lecture sur *Le Monde comme il va* de Voltaire.
- Fiche de lecture sur *Micromégas* de Voltaire.
- Fiche de lecture sur *Zadig ou la Destinée* de Voltaire.

Retrouvez notre offre complète sur lePetitLittéraire.fr

- des fiches de lectures
- des commentaires littéraires
- des questionnaires de lecture
- des résumés

ANOUILH
- Antigone

AUSTEN
- Orgueil et Préjugés

BALZAC
- Eugénie Grandet
- Le Père Goriot
- Illusions perdues

BARJAVEL
- La Nuit des temps

BEAUMARCHAIS
- Le Mariage de Figaro

BECKETT
- En attendant Godot

BRETON
- Nadja

CAMUS
- La Peste
- Les Justes
- L'Étranger

CARRÈRE
- Limonov

CÉLINE
- Voyage au bout de la nuit

CERVANTÈS
- Don Quichotte de la Manche

CHATEAUBRIAND
- Mémoires d'outre-tombe

CHODERLOS DE LACLOS
- Les Liaisons dangereuses

CHRÉTIEN DE TROYES
- Yvain ou le Chevalier au lion

CHRISTIE
- Dix Petits Nègres

CLAUDEL
- La Petite Fille de Monsieur Linh
- Le Rapport de Brodeck

COELHO
- L'Alchimiste

CONAN DOYLE
- Le Chien des Baskerville

DAI SIJIE
- Balzac et la Petite Tailleuse chinoise

DE GAULLE
- Mémoires de guerre III. Le Salut. 1944-1946

DE VIGAN
- No et moi

DICKER
- La Vérité sur l'affaire Harry Quebert

DIDEROT
- Supplément au Voyage de Bougainville

DUMAS
- Les Trois
  Mousquetaires

ÉNARD
- Parlez-leur
  de batailles,
  de rois et
  d'éléphants

FERRARI
- Le Sermon sur la
  chute de Rome

FLAUBERT
- Madame Bovary

FRANK
- Journal
  d'Anne Frank

FRED VARGAS
- Pars vite et
  reviens tard

GARY
- La Vie devant soi

GAUDÉ
- La Mort du
  roi Tsongor
- Le Soleil des
  Scorta

GAUTIER
- La Morte
  amoureuse
- Le Capitaine
  Fracasse

GAVALDA
- 35 kilos d'espoir

GIDE
- Les
  Faux-Monnayeurs

GIONO
- Le Grand
  Troupeau
- Le Hussard
  sur le toit

GIRAUDOUX
- La guerre de
  Troie
  n'aura pas lieu

GOLDING
- Sa Majesté des
  Mouches

GRIMBERT
- Un secret

HEMINGWAY
- Le Vieil Homme
  et la Mer

HESSEL
- Indignez-vous !

HOMÈRE
- L'Odyssée

HUGO
- Le Dernier Jour
  d'un condamné
- Les Misérables
- Notre-Dame
  de Paris

HUXLEY
- Le Meilleur
  des mondes

IONESCO
- Rhinocéros
- La Cantatrice
  chauve

JARY
- Ubu roi

JENNI
- L'Art français
  de la guerre

JOFFO
- Un sac de billes

KAFKA
- La Métamorphose

KEROUAC
- Sur la route

KESSEL
- Le Lion

LARSSON
- Millenium 1. Les
  hommes qui
  n'aimaient pas
  les femmes

LE CLÉZIO
- Mondo

LEVI
- Si c'est un
  homme

LEVY
- Et si c'était vrai…

MAALOUF
- Léon l'Africain

MALRAUX
- La Condition humaine

MARIVAUX
- La Double Inconstance
- Le Jeu de l'amour et du hasard

MARTINEZ
- Du domaine des murmures

MAUPASSANT
- Boule de suif
- Le Horla
- Une vie

MAURIAC
- Le Nœud de vipères

MAURIAC
- Le Sagouin

MÉRIMÉE
- Tamango
- Colomba

MERLE
- La mort est mon métier

MOLIÈRE
- Le Misanthrope
- L'Avare
- Le Bourgeois gentilhomme

MONTAIGNE
- Essais

MORPURGO
- Le Roi Arthur

MUSSET
- Lorenzaccio

MUSSO
- Que serais-je sans toi ?

NOTHOMB
- Stupeur et Tremblements

ORWELL
- La Ferme des animaux
- 1984

PAGNOL
- La Gloire de mon père

PANCOL
- Les Yeux jaunes des crocodiles

PASCAL
- Pensées

PENNAC
- Au bonheur des ogres

POE
- La Chute de la maison Usher

PROUST
- Du côté de chez Swann

QUENEAU
- Zazie dans le métro

QUIGNARD
- Tous les matins du monde

RABELAIS
- Gargantua

RACINE
- Andromaque
- Britannicus
- Phèdre

ROUSSEAU
- Confessions

ROSTAND
- Cyrano de Bergerac

ROWLING
- Harry Potter à l'école des sorciers

SAINT-EXUPÉRY
- Le Petit Prince
- Vol de nuit

SARTRE
- Huis clos
- La Nausée
- Les Mouches

SCHLINK
- Le Liseur

SCHMITT
- La Part de l'autre
- Oscar et la Dame rose

SEPULVEDA
- Le Vieux qui lisait des romans d'amour

SHAKESPEARE
- Roméo et Juliette

SIMENON
- Le Chien jaune

STEEMAN
- L'Assassin habite au 21

STEINBECK
- Des souris et des hommes

STENDHAL
- Le Rouge et le Noir

STEVENSON
- L'Île au trésor

SÜSKIND
- Le Parfum

TOLSTOÏ
- Anna Karénine

TOURNIER
- Vendredi ou la Vie sauvage

TOUSSAINT
- Fuir

UHLMAN
- L'Ami retrouvé

VERNE
- Le Tour du monde en 80 jours
- Vingt mille lieues sous les mers
- Voyage au centre de la terre

VIAN
- L'Écume des jours

VOLTAIRE
- Candide

WELLS
- La Guerre des mondes

YOURCENAR
- Mémoires d'Hadrien

ZOLA
- Au bonheur des dames
- L'Assommoir
- Germinal

ZWEIG
- Le Joueur d'échecs

www.lepetitlitteraire.fr

ISBN version numérique : 978-2-8062-9200-1
ISBN version papier : 978-2-8062-9201-8
Dépôt légal : D/2016/12603/923

Avec la collaboration de Maud Couture pour le chapitre II du résumé ainsi que pour les chapitres « Un conte philosophique… », « …Mais un conte étrange » et « Le roman sensible ».

Conception numérique : Primento,
le partenaire numérique des éditeurs.

Ce titre a été réalisé avec le soutien de la Fédération Wallonie-Bruxelles, Service général des Lettres et du Livre.